나의 밥그릇이 빛난다

나의 밥그릇이 빛난다

최 종 천 시 집

창비

차 례

제1부

제1부

0

어제 해지한 통장의 잔액은 0이다

0은 1이 아니다

존재가 발아하는 근원이며

존재가 돌아가는 궁극이다

그것은 땅의 본질이다

탄생과 죽음이 0에서 만난다

나의 본질과 나의 근원에 대하여

다른 무엇도 아닌 0에게 물어보자

0에서는 빛과 어둠이 솟아난다

모든 것의 시작이자 종점인 0

0은 거름이 되는 것만을 받아들인다

낙타가 통과해야 할 바늘구멍인 0

무덤이며 자궁인 0

나는 성녀보다 창녀를 더 사랑한다

성녀를 데리고 사는 사내는 고자일 것이다

무에서 유를 창조할 수는 없다

0은 무가 아닌 근원이다

우리는 자궁에서
시간을 길어올릴 수밖에 없는
인간이다

눈

항상 눈물이 맺혀 있는 우리 아파트 앞
야채가게 꼬마아가씨
그 큰 눈을 보면
하늘은 뜨고 있는 눈이 아닐까?
인간들의 역사에 주눅이 들린
일그러진 하늘은
그 꼬마아가씨 눈에 들어앉아
비로소 쉬는 듯
오늘 하루 얼굴이 평온하시다
그 꼬마아가씨 자라면
하느님보다 더 선한 사람 되리
가끔 엄마 아빠가 싸우는 소리 들리면
꼬마아가씨 소리 없이 나와
리어카 뒤에 숨어 있다
하느님이 만드신 시간이
가장 긴요하게 쓰이고 있다

월경

어떻게 달이 여성들의
수문을 열고 닫게 되었을까
달의 지름이 커지면 모든 아내들은 달거리를 하고
지아비들은 입덧에 걸려 넘어진다
사내들은 달의 둘레를 멀리 돌아서
아내에게 가야 한다
달과 간통하지 않는 여성은 어머니가 되지 못한다
해는 하늘의 눈, 달은 하늘의 상처
상처를 통하여 인간을 보는 하늘이다
오늘 소녀 하나가 초경을 경험한다
달이 은밀한 손길로 인류의 미래를 위해
소녀의 몸을 경작하고 있는 것이다
달은 아주 미남이다
모든 여성들의 기둥서방이다

도마

아침을 일으키는 칼질소리를 들어보라
죽음을 생명으로 바꾸는 것이 칼이다
칼은 이를테면 성(性)의 환유나 상징이 아니다
칼은 권력과는 무관하다
부엌의 전령인 비린내가 동네를 돌아다닌다
부엌이야말로 가장 신성한 곳이리라
한 죽음이 도마를 건너가면 그곳엔 탄생이 있다
내 주검도 도마에 놓이기만 한다면
한 마리의 닭이나 돼지, 등푸른 생선이 될 것이다
누가 나의 시체를 요리해다오
난 그놈의 화장에도 결사반대다 반대
내 몸이 숲에서 썩어간다면
수천만 마리의 구더기와 날벌레 들을
수억의 미생물을 만들 것이고
잡초는 나의 고독만큼이나 무성하리라
나의 몸은 온전히 새 생명으로 환원되는 것이다
애초에 이 지상은 시체를 요리하는 하나의 도마다

옆집에선 오랜만에 아기가 울고
부엌에선 칼질소리가 아침을 부른다
도마 위를 걸어가는 주검들은 거룩하다
나는 도마 위를 걷고 있다

털옷

헌 털옷을 풀고 있다
천천히 당기다가
갑자기 빨리 당겨보기도 하여
한번쯤 끊어질 만도 한데
당기면 당기는 대로
술술 잘 풀리더니

결국에는
아무것도 남기지 않고
쥐고 있는 손을
부드럽게 빠져나간다

무슨 흔적이라도 남았는가
손을 펼쳐보지만
드러나는 것은
하얀 손바닥뿐

나는 얼마나 풀려나갔을까!
이제부터 나의 할 일은
생각의 뜨개질로
풀리지 않는
털옷을 짜는 것이다

입주

친구들은 다 아파트로 이사가는데
우리는 언제 이사갈 거야 아빠! 하며
대들던 녀석이
그날밤
둘 사이에 끼여들었다
물난리 후 처음으로
아내와 집 한채 짓고 싶은 밤이었다
녀석을 가운데 두고
셋이서 한몸이었다
그렇게라도 아쉬운 대로
집 한채 지어주었다

둥지

20년 전 부천시 약대 시유지에는
황토로 벽돌을 만드는 벽돌공장 근처에
벽돌만으로 지은 둥지가 있었다
주로 추석연휴 동안 친구들을 동원해
밤낮없이 다 지어놓으면 시청 철거반이
와서 보고는 다 지어놓은 집을 부술 수가 없어
돌아가면 집짓기에 성공하는 것이다
짓다 만 집은 그 벽돌을 다 실어가버린다
창문은 비닐로 가려놓으면 되었다
혹 돈을 많이 번 집이 있어 둥지가 비게 되면
몇만원에 거래가 이루어졌다
언제부턴가 그 둥지가 비기 시작했다
사람들은 둥지를 버리고 집을 가지기 시작한 것이다
집은 사흘 동안에는 지을 수가 없는 것이다
사람들은 태어나 죽을 때까지 집을 지으며
집 속으로 사라져버린다

구근식물

마당 안 꽃밭에 구근식물들은
비온 뒤 깨끗하게 씻긴
예쁜 발가락들을 내보이곤 한다

이 골목, 콩나물공장의
천막 친 기숙사에서
나는 그런 구근들을 가끔 보게 된다
잠결에 뒹굴다 내밀어진 발들
가만히 손끝으로 간질이면 들어간다
열대사막의 무슨 식물처럼 서서히 움직인다

나는 그녀를 지니고 나서부터
사랑은 식물적(植物的)인 것이라 확신하고 있다
홀랑 벗고 엉키고 있을 때면
인간은 하나의 구근(球根)인 것이다
인간의 정신이 본격적인 궤도에 진입한다면
사랑을 생물적인 것으로 인식하게 될 것이다

우리는 어린것들이
콩나물처럼 쑥쑥 자라난다고 말한다
그날밤 나는 내 알뿌리 한 토막을
아내의 구덩이에 묻어두었던 것이다

이빨

녀석은 이를 악물고 살았다.
생활력이 강했다.
생활력이 강하다는 것 때문에,
맞선에서 퇴짜맞기도 했다.
여자의 해명이 기가 찼다.
생활력이 강하다는 것은,
그만큼 고생을 많이 하는 것,이라고
녀석은 그 충격을 이기지 못했다.
그것이 알고 보니 정말 그렇다고
녀석은 술에 절어 지냈다.
그날밤 모두 함바집을 비웠을 때
녀석은 호르르 타버렸다.
꽉 문 이빨처럼 다물린
작업복의 지퍼가
마지막까지 불 속에서 버티고 있다.
그 여자의 목소리가 들렸다.
생활력이 강하다는 것은,

고생을 많이 하는 것,이라고
그러나 우리는 까만 재 속에서
반짝이는 녀석의 이빨들을 보았다.

맞선

내일 난 누구를 만나기로 돼 있죠
나는 풀벌레소리가 들리는 논길을 걸을 때
노랫소리가 그치지 않도록 홀연히 걷는
겁 많은 여인에 불과하므로
조용히 앉아 그가 펼치는 청사진을, 혹은 필름들을
보기만 할 거랍니다
다만 내게도 소원이 있다면 그가
일종의 견적서 같은 것을 보여주면서
나의 오래된 고독을 우롱하지 말기를 바라죠
물론 나는 사랑도 일종의 사업이라는 것을 알아요
그런데 사랑에는 한계가 모호하고
사업의 윤곽은 뚜렷하지요
성공하는 남자는 결코 원하지 않을 거예요
나처럼 수줍은 여인과 무엇을 동업할 수 있겠어요
그래요 고독은 도대체가
무엇의 밑천도 되지 못해요, 하지만
내가 늘 고독하기만 한 것은 아니랍니다

때로는 콧노래를 흥얼거리며 요리를 하지요
햇살의 커튼으로 창을 장식하고
특히 설거지를 할 때는 물을 아끼죠
차를 잘 끓이고 말수가 적답니다
그래요, 비서한테나 어울리는 것이죠
내 반짝이는 비늘을 그가 어디에
묻혀갈지를 모르겠어요

영원한 혁명

하늘거리는 코스모스 사이로
우뚝 솟은 것이 보인다.
낮술에 취한 사내의
이유 있는 항거가 발기중이다.
독 오른 뱀대가리인 줄 알았는지
코스모스가 툭, 툭, 건드려본다.
무릎까지 차오르는 코 고는 소리
남근이란 한 토막의 뿌리를 말한다.
모든 식물은 구애자세로 자란다.
녹색의 주인은 신이다.

졸음

졸음의 본질은 무거움인가 가벼움인가
맑음인가 흐림인가
무거움은 흐리고 가벼움은 맑은가
내 순도 높은 불안을 관장하는
흐리멍덩한 정신을
졸음으로 헹구어내고 싶다
어떤 경우에 졸음은
산(酸)이라고는 흔적도 없는 염산의 화학반응을 한다
졸고 있는 사람은 곤한 잠에
피로를 타 마시는 중이다
복용 후에 맑아지는 눈동자, 맑게 개는 머리
인간의 보편적인 사고는 산성화되었다
게으름은 태우지 말고 피워라
거기서 발생하는 산소를 사고에 섞어라
갈수록 귀해지는
졸음은 맑은 물이다
졸음은 죽음을 희석시킨다

지상의 새들

옛날 거지들을 보면
그냥 마음이 편하고, 그를 감싸고 있는
풍경이 평화로워 보였다

부유한 자들이 흘린 것을 주워먹고
나무그늘 밑에서 꾸벅거리며
졸음도 양식으로 쪼아먹던 그 새들

왜 없을까?
하품과 눈곱으로
바쁜 사람들 마음의 공터였던
먹여살리지 않아도 건강하던
그 새들, 이따금 새장을 물어뜯으며 소리치던
도무지 울타리도 집도 유치장도 필요없는
그 새들은 어디에 있나

그들이 덮고 자던 이불인 이슬

그들의 지붕이던 하늘에서
가끔 낙엽처럼 떨어지는 새가
그 새들일까?

작업복 입은 채로 전철 타고 출장가다가
거지인 줄 알고 나를 피하는 사람들을 보면
모이 쥔 손을 벌써 알고 모여드는
스산한 비둘기떼 같아

지상의 진짜 새들
거지들이 그립다

도시의 성자

골목에 무심히 서 있는 전봇대는 성자(聖者)다
지난밤에는 술 취한 사람이 토하고
오늘 낮에는 개가 오줌을 싼다
사람들이 화풀이를 하며 발로 차기도 한다
뭇 중생들의 투정을 묵묵히 삭이느라
어깨가 메마른 그는
허리춤에 등불 하나 달고
골목에서 일어나는 일들을
많이 부끄러워할 뿐 말이 없다
월셋방 있음 사람 찾음 광고가 덕지덕지
눈을 가려도 환히 보고 있다
묵묵함 의연하고 초연함 그뿐
사람들을 대신하여
수모를 견디는 그를 보라
그는 보는 사람에게만 보인다
그는 성자다

아파트

달동네에 뜨는 해는 마당의 식물이나 스티로폼 생선상
자의 파나 고추 따위 푸성귀들을 자라게 한다. 그것은 실
재의 태양이다. 그러나 아파트에 걸리는 태양은 결코 실
재의 해가 아니다. 아파트 어린이들의 꿈과 희망은 태양
이 없이도 재배할 수 있는 것이다. 아파트의 높이 때문에
그들의 꿈과 희망에는 너무 일찍 날개가 돋아난다. 옥상
으로 올라갈 것도 없이 아파트의 어린이들은 날개를 펴
볼 수가 있는 것이다. 어느날 홀연히 그들은 뛰어내리는
것이다. 그러나 그 뜨거운 상징의 태양은 그들의 날개를
붙이고 있는 양초를 녹여버린다. 아파트에 걸린 태양이
실재의 것이라면 양초를 녹여버리는 일은 결코 없으리라
는 것은 그들이 남겨놓는 유서를 통하여 알 수 있다. 높
은 아파트만큼이나 성적도 높아야 한다고 꿈꾸던 소녀
하나가 오늘 추락했다. 추락은 가장 능률적으로 내려가
는 것이다. 아무튼 아파트는 날개를 실험해보기 딱 좋은
곳이다. 아파트로 이사를 가는 사람들의 공통된 목적 중
에 하나는 자식들의 꿈에 날개를 달아주는 것이다.

투명

혀로 빛나게 핥아놓은 밥그릇에는
허기가 가득 차 있다
허기는 투명하지만 잘 보인다
뼈가 앙상한 것을 보면
이빨은 이제
밥그릇도 씹어먹을 수 있으리라
나는 개들이
씹던 목줄을 뱉어내는 것을 보았다
하지만 내 손가락을 철망 안으로 넣어주었을 때
녀석은 절대로 물지 않았다
내가 밥을 준다는 투명한 의식이
녀석을 밥그릇 안에 가두어놓고 있는 것이다
하루에 두 끼나 세 끼를 주고 싶지만
나는 사장의 명령에 따라 한 끼만 주고 있다
나는 회사의 수위
개는 밤에 내가 할 일을 대신한다
사원들이 퇴근할 때, 개집 문을 열어놓아

불투명한 밤을 투명하게 밝혀놓아야

안심하고 잠잘 수가 있다

간밤에 없어진 것은 아무것도 없고

일감들 사이에서 녀석이 잡아놓고

다 먹지 않은 의문 하나가 피를 흘리고 있다

내가 받는 임금은 아주 적다

게을러지는 것을 방지하고 굶어죽지 않을 정도

그러니까, 개밥 정도인 것이다

개의 그 깊은 낮잠 속에 고여 비치는

나의 밥그릇이 빛난다

가엾은 내 손

나의 손은 눈이 멀었다
망치를 쥐어잡기보다는
부드러운 무엇을 원한다
강요된 노동에 완고해지며
대책없이 늙어가는 손

감각의 입구였던 열 개의 손가락은
자판 위를 누비며
회색의 언어들을 쏟아내고 있다
보이지 않는 것을 뚜렷하게 보여주던
손의 시력은 도수 높은 안경을 끼고 있다

열 개의 손가락에서 노동은 시들어버렸다
열 개의 열려 있는 입을 나는 주체할 수가 없다
모든 필요를 만들어내던 손
인간의 유일한 실재인 노동보다
입에서 쏟아지는 허구가 힘이 되고 권력이 된다니

나의 손은 이제
실재의 아무것도 만들지 않으며
허구조작에 전념하고 있다
나는 노동을 잃어버리고

허구가 되어간다
상징이 되어간다

퇴근 후

낮에 일할 때 깨진 바가지 속으로 파고든 용접불빛이 내 눈에 뭐라도 씌워놓은 모양이다 눈물이 글썽이고 모든 것이 아련하게 아른대는 이 눈으로 불빛을 보면 방사선으로 갈라지는 빛살 하나하나가 선명하게 드러난다 모세혈관일까? 민들레꽃씨 같다 나날의 그리움에 마르면 나도 저리 혈관이 드러나게 되려나, 찢어지게 가난한 집 돌담의 갈라진 틈 그 사람들의 허한 가슴에서 바람만 봄비다 떠나고 나면 안으로만 조용한 슬픔에 끊어지는 퓨즈, 그 눈물 오! 그 상처, 상처에 뿌리내려야지 그 알몸을 열어 스위치를 올리고 플러그를 꽂아 시동 걸어줘야지 눈앞이 막막한 그리움은 얼마나 각막염을 닮아가는가, 갈아 내놓은 연탄 위에 눈물이 떨어진다 푸시시푸시시 불 꺼지는 소리에 강이 가로놓여 흐른다 옷을 걷어올린다 차가워라, 이 밤

제2부

나사들

일을 하다말고 김형과 박형이 싸운다
종두도 덕형이도 얽혀든다
최씨도 이반장도 얽혀든다

나는 고장난 그라인더나 뜯어말리자
네 개의 고정나사를 푼다
커버를 벗기고
또 네 개의 기어 고정나사를 푼다
모터와 베어링을 뜯어말린다
엉켜 있는 기어와 접속기어를 뜯어말린다

차분히 앉아 담배를 피우는 동안
부품들은 따로 떨어져서 반성중이시다?

어이? 김형 이리 와봐, 풀 때는 풀었는데
이거 어떻게 조립하는 거야?
박형 이 베어링 새거 있나?

박형은 베어링을 찾으러 창고로 가고
김형은 나에게 오고 있다
그라인더는 다시 조립되고
모두 제자리로 돌아간다

저마다 하나의 나사가 되어
조여지고 있다

새로운 삶

원래 장례식이란 그래야 하는 것이다
특히 고독한 사람이 죽으면
절대로 장사지내지 말아야 한다
그를 핥는 태양이 있고
저 멀리, 그러니까 그가 일생 동안 그리워한
그 세계로 데리고 갈 바람이 불고 있다
평생 관념이 갉아먹고 남은 그의 두뇌를
비로소 실재인 구더기가 먹고 있다
옆방에서 썩고 있는 그를
외면하기 위해 방향제를 뿌려 코를 무장하고
그의 구더기가 방으로 기어들면
빗자루로 멀리 쓸어버린 것은 잘한 일이다
그의 주머니에 약간의 돈이 있다면
복권이라도 사야 한다
그는 몸이 컸으니까 그의 바지로는
딸아이의 옷을 만들 수 있다
잘 돌아가는 냉장고를 구형 모델이라는 이유로

새것으로 바꾸듯 삶을 살 수만 있다면
그래, 왜 살 수가 없겠는가
모든 묘지가 이미 예약되어 있고
이토록 치밀하게 죽음이 준비되고 있는데,
우리는 무엇보다 죽음에 능숙하다
그럼에도 불구하고
그것이 새로운 삶을 무모하게
추구한 결과라고 말한다면 그를 비난할 것이다
낙후된 염세주의자라고

우롱당하는 고독

왜 그녀는 자신의 상처를 그토록
나에게 들추어 내보인 것일까?
천릿길을 다가간 나에게
그 견고한 고독으로 무장하고
나를 방어할 속셈이었을까?
나는 아무 말도 못하고 말았다
만에 하나라도 나의 사랑이
그녀의 오래 묵은 고독을
우롱하는 것이 될 것만 같아
그냥 돌아오고 말았다, 정말이지 사랑은
얼마나 흔해빠져 있는가!
그때 알았다 누구나 사랑을 한다고 하지만
함부로 고독을 우롱해선 안된다는 것을
사랑보다 더 오래된 인간의 고독!
나는 그녀의 고유성을 지켜주기로 했다
그 겨울 난생처음 긴 여행을 떠났다
모가지를 움츠리고 손을 주머니 깊숙이 넣고

천릿길을 다가갔다가 그만
아무 말 하지 못하고 알았다
가난과 고독을 우롱하는 우리는
아주 위험한 시대에 살고 있는 것이다

비만

하나의 극치를 두고 인간은
그것을 예술이라고 이름한다
비만의 극치는 우리에게
환상을 제공한다
용도가 없는 하나의 공간
이만큼의 시간
그는 하나의 상징물이다
비만이 아니라면 인간은 어떻게
굶주림과 포만의 공포를
저토록 명징하게 형상화할 수 있나
우리는 그냥 태어나 살고 있지만
그는 창조되고 있는 하나의 극치다

상징은 배고프다

삼풍백화점이 주저앉았을 때
어떤 사람 하나는
종이를 먹으며 배고픔을 견디었다고 했다
만에 하나 그가
예술에 매혹되어 있었다면
그리고 그에게 한권의 시집이 있었다면
그는 죽었을 것이다
그는 끝까지 시집 종이를 먹지 않았을 것이다
시의 의미를 되새김질하면서
서서히 미라가 되었을 것이다
그 자신 하나의 상징물이 되었을 것이다

비만에 불만을 표하지 말자

비타민이나 단백질 아미노산 등의 영양소를 가지고 하나의 예술작품을 만들 수 있으리라곤 생각되지 않는다. 그러나 비만은 바로 그러한 예술을 완벽하게 구현해내고 있지 않는가! 굳이 말한다면 비만은 현재진행중인 조각이라고 보아야 한다. 그러나 비만은 인간이 하고 있는 것이 아니라, 자연이 하고 있는 것이다. 이러한 생각은 당돌한 결론에 이른다. 비만은 자연을 예술로 인정하지 않는 데 대한 불만의 표출이다. 비만한 사람, 그는 자연에 의해 창조되고 있다. 그는 하나의 신성이며 동시에 하나의 상징이며 건축물이다. 비만에 불만을 표하지 말자. "인생은 짧고 예술은 길다"는 명제는 이 상징에 의해 부정된다. 예술작품은 쓰레기다. 예술은 인간에게 환상을 제공하기 때문에 예술인 것이다. 비만을 감상해보라, 굶주림과 포만의 공포와 두려움. 부엌에 들어가 칼을 갈고 싶은 식욕. 인간에게는 먹는 것이 예술이라는 행위보다 앞선다. 비만은 하나의 극치로서 우리의 인생보다 더 영원하다. 그것이 예술이라 할지라도, 인간의 어떠한 목적도 생물권의 바깥에 설정해선 안된다.

　　헐떡거리는 숨결 출렁이는 살결이 전시되어 있다
　　비타민과 단백질과 지방이 조각을 설치하고 있다

　　비만한 사람 그는 상징이며 동시에 실재다

몽키

철공소에 들어간 첫날 나는
몽키가 무엇인지 알고 있었다, 몽키는 원숭이다
몽키를 가져오라고 했다, 몽키를 어떻게?
아무리 생각해봐도 원숭이는 아닌 것 같아 물었다
어떻게 생긴 건데요? 몽키를 본 적이 없기에
몽키를 몽키라는 이름으로 상징화하여
두뇌 속에 넣어두지 않았던 것이다
나는 먹이를 물고 있는 제 그림자의 먹이를 물려고
입을 벌리는 순간 먹이를 물에 빠뜨린
이솝의 개처럼 몽키를 들었다가 놓아버리고
몽키인 줄 알고 스패너를 가져갔다
야, 너 원숭이냐 몽키를 모르네, 몽키도 몰라
이리 와봐, 이게 몽키야 몽키!
나는 몽키라는 상징에 해당하는
실제의 몽키를 보고 비로소 몽키를
내 작은 두뇌 속에다 넣어둘 수가 있었다
몽키는 볼트를 조이는 도구다

볼트를 푸는 도구다
지금 손에 쥔 몽키로 나는
볼트를 풀려고 한다, 볼트를 조일 때
좌로 돌렸던가? 우로 돌렸던가? 헷갈린다
몽키는 자신의 두뇌 속에다 몽키를
상징화하여 넣어둘 수가 없기에
인간처럼 헷갈리는 일이 절대 없다
나는 원숭이보다 많이 실수한다
볼트는 머리가 육각으로 되어 있고
볼트를 풀거나 조일 때는 그 머리를 몽키로 잡아돌린다
볼트는 머리가 있어 볼트 구실을 하는 것이다
인간만 머리를 쓰며 사는 것이 아니다

방법서설

몽키나 스패너를 보면
하나같이 갸웃이 고개를 젖히고 있다
맙소사! 나는 생각한다, 고로 나는 존재한다니

생각하기 때문에 존재한다면
인간만 그러는 게 아닐 것이다, 자 몽키를 보라!
그는 깊은 고뇌에 잠겨 있지 않은가?
그 갸우뚱한 15도의 각도가
바짝바짝 붙어 있거나 구석진 곳에 틀어박힌 볼트를
풀 수 있게 해주는 것이다

인간만이 고뇌 속에서 지혜를 발견하는 것은 아니다
데까르트의 심신이원론, 몸과 마음이
따로 논다는 것이 몽키와 달리 인간에게는 그러하다
그래서 '마음은 마음을 쓰는 것'이다

내가 몽키로 볼트를 푸는 게 곧 마음이라면

풀고픈 내 마음과 달리 풀지 말아야 하는 경우가 있다
그녀를 사랑하지만, 이게 내 마음이야 하고
석돈짜리 금반지를 내밀지 못하는 경우가 그렇다

몽키를 보라, 그는 몸 자체로 관계한다
인간인 내가 잘못하는 것뿐, 절대로
몽키는 오작동하지 않는다, 털 없는 원숭이인 인간은
몽키를 더러는 망치로도 사용한다
정신이 나의 외부로 나와 나를 살펴보고 있다

아 그렇군, 젠장! 몽키로 이마를 가볍게 두들긴다
조였던 볼트를 다시 풀어야 하는 것이다
작업을 잘못하게 되면 과장보다 몽키가 먼저 알아보고
이마를 노크한다

돼지머리

경험에 의하면
배가 출출해야 머리가 맑다
저 너그러운 웃음은 분명
그 무거운 비곗덩어리를 떼어내고
무언가를, 예를 든다면 무소유 따위를
터득한 그 웃음일 것이다
돼지머리를 볼 때마다 나는 긴장한다
입에 돈을 물려주면서 전율한다
이를테면 그것은 귀신의 상징이랄까
베토벤의 데스마스크와는 다르다
사업이 번창하게 해달라고
네 앞에 손을 삭삭 비는 사람들
돼지만큼은 배가 부른 사람들
인간의 비만을 용서한다는 듯한 너의
진지하고 즐거운 웃음
돼지 눈에는 모든 것이 돼지로 보인다는 논리로는
도무지 이해가 안되는

.

돼지가 되어가고 있다는 혐의
나의 긴장은 돼지머리에 칼이 닿으면
아무런 근거 없는 것이 되어버린다
돼지머리가 베푸는 용서를 받아들여 식욕을 채운다
일반적으로 정신이 흐려 있을 때 사람들은
즐거워하고 만족한다

목발

목발에 의지해 걸으며
아는 어린이에게 인사를 했더니
더럭 겁을 먹고 운다.
반기는 놈은 따로 있다.
이웃집 그 옆집에 사는 똥개다.
저만치서 안됐다는 듯이 위아래를 훑어보고 있다.
걷는 게 어쩜 자기하고 그리 닮았느냐고
그도 교통사고로 다쳤을
다리 하나를 생략해버리고
나머지 세 개의 다리로
걸음에 춤을 섞어가며 걷고 있었다.
가다가는 잘못 봤나 싶은지
나를 슬쩍 확인해본다.
나는 개가 되어 네 다리로 걷고 있다.
폐기물 굴러다니는 골목을
목발 짚고 간간이 생략의 묘를 살려 걷는다.
퇴화할 수 있는 좋은 기회다.

이 문명의 폐륜(廢倫)으로부터
진보의 환상으로부터 물신주의로부터
도망가면서 나는 짖는다.
나의 욕망은 진화중이다.
나는 퇴화중이다.

바가지

이제는 두께가 없혀
긁어보았자 소용없는 내 얼굴을
긁는 것이 취미가 되어버린 아내

　── 긁다가 허기지고 지치면
　　그만하겠지
　　그때는 다른 바가지를 쓰는 거다 ──

다 먹여 살리느라고 이러는 거야
동전처럼 유들유들
빛이 없는 곳에서도 내 바가지는
강도 높은 반사광을 발사한다
아내의 시력이 나빠진다
네댓 개의 바가지를 바꾸어써도
누구냐고 묻는 일은 없다
우쭐대다보니
최근에는 빈혈까지 있다

내가 우려먹은 김사장처럼
비실비실거린다

다른 것도 아닌 밥을
먹고 죽는 일이 있던가
죽이려고 이러는 건 아닌데
그럴 리 없다
곧 괜찮아질 거라고
건강해질 거라고 생각하며
쓰고 있던 바가지를 걸어놓고
다른 바가지를 쓰고
이사장에게 씌워줄 바가지는 가방에 넣고
넥타이를 고쳐매고 출근한다

불만

불만의 비어 있는 공간에서
소리가 들려온다 꿀을 먹으면
벙어리가 되어버리는 사람은
얼마나 굶주렸을까
말이 가득히 메워버린 그의 입가를
맴돌다 사라지는 언어들
나는 사랑에도 증오에도 불만이다
민주주의에도 불만이다
나는 떠벌이고 다녀야겠다
눈을 말똥말똥하게 켜고
지금 불만중인 꼬마들아
너희는 만족하지 마라
만족은 발을 꼭 묶어놓은 것이란다
어른들이 내주는 숙제는 그만두고
이 드넓은 세상을 향해
마음껏 소리치고 나아가라
말하라, 불만으로 의문으로

물음표는 낚싯바늘을 닮았구나
세상을 새롭게 하라
불만은 뜻밖에도
이성의 밑천이란다

나는 소비된다

헤겔전집을 읽을 때 베토벤을 들을 때
나는 의미를 소비하고
의미는 나를 소비한다
의미에 나를 담아두고
어언 십년이 지나는 동안
나는 나를 팔아먹고 비어 있다

의미를 소비하지 못하는 인간
그를 우리는 무식한
문화를 모르는 인간이라고 한다
자신을 상징으로 만들지 못하는 인간은
적어도 천재는 아니다
천재가 이 지상에서 한 일이라고는
모순을 한층 치밀하고 정교하게 만든 것이다
덕분에 우리는 오류를 즐길 수 있게 되었다

예수의 상징에 절하는 사람들

헤겔의 상징에 머리를 싸맨 사람들
베토벤의 상징으로 귀를 막아버린 사람들

헤겔전집 속에는
헤겔이 소비한 헤겔이
문자로 분해되어 있다
그를 만나기 위해선 모든 문자들을 조립해
만질 수 있는 그 무엇으로 만들어야 한다

불가능한 시행착오의 쓰레기 속에서
얼마나 많은 인간들이
실재인 자신을 버리고 허구를 살고 있는가

나는 발기한다

나는 금단의 열매를 따먹고 나서
눈이 밝아진, 사람이다
그 이전에도 나는 알고는 있었다
지금 나는 앎의 앎을 알았다
그냥 알기만 했을 때 나는
순수무구 무죄의 상태였다
내가 안다는 그것이 무엇인지 알게 되자
더이상 모르는 것처럼 할 수가 없게 되었다
모든 것이 나에게는 상징으로 작용한다
내가 물을 마시고 있을 때
나는 이미 의미를 마시고 있는 것이다
상징은 생각을 끌리게 한다
너의 아름다운 육체를 보고서도
즉각 상상력과 생각이 발기한다
나의 창조주는 나 자신이다
나는 주어진 세계의 외부에 있다
비로소 나는 존재한다

뱀 잡기 1

오후 세시 반에서 사십분까지
쉬는 시간에는 어깨에서 김이 모락모락
데쳐놓은 풋것처럼 흐물흐물했는데
오늘 신참 하나 들어와 일렁거린다
새내기의 할 일은 용접을 배우는 것
심부름을 부지런히 하는 것
하와는 하느님의 심부름을 가다가
뱀을 만나 사과를 따먹었다
비로소 입을 열어 말을 했다
녀석이 만나게 될 뱀을 생각하니 웃음이 나온다
지각하고 얼굴을 붉히는 것, 서슴없이 따지고 드는 것
그가 사장인 줄도 모르고 작업복 안 주느냐고?
신참은 한마리 뱀이다
신참은 고참이 되지만
뱀은 길들여지지 않는다
사육할 수 없다
뱀을 초대한다

뱀 잡기 2

용접을 처음 배우는 사람에게
제일 어려운 것은 날숨 들숨을
죽은 듯이 쉬는 것이다, 또 하나
용접봉을 용접선에 일치시키고
용접선이 보이지 않는 상태를 유지하며
용접을 진행하는 것이다
숨을 산뜻이 들이마시면
배가 불렀다 고팠다를 반복하면서
홀더를 쥔 손이 용접선에서
떨어지다 밀착하다를 반복하면서
용접비드가 넓다가 좁다가 한다
용접선도 보이다가 말다가 한다
용접비드가 꾸불꾸불하게 된다
개구리를 삼킨 뱀의 모습을 한다
이것을 우리는 뱀을 잡았다고 한다
가끔 고참들은 신참에게
직접 대놓고 하기 어려운 것을 시키기도 한다

사장한테 돈을 달래서 우유와 빵을 사오라고 하거나
담배를 사오라고 시킨다
그런 일은 고참들에게 금기처럼 되어 있다
고참끼리 한 불평불만을 사장에게
건네주기도 한다
사장은 우리들의 하느님이다
신참은 우리의 아담이다

뱀 잡기 3

보신 정력제로 사라졌던 뱀이
철판 위를 기어가고 있다
개구리를 세 마리나 삼킨 울뚝불뚝한 배를 자랑하며
고된 노동에 축 처진 몸에 비린내를 바르며
철판 위를 기어가고 있다
오늘 들어와 용접 처음 배우는 새내기
그려놓은 뱀 한 마리 일렁일렁 기어간다
용접한 선이 일직선이 아니어서
뱀을 잡아놓았다는
고참들의 말에 우리 새내기
에덴동산 그 뱀의 혀를 놀린다
"아니, 죽어버린 뱀이 꾸불꾸불 꿈틀거려요?
그것도 개구리를 세 마리나 먹고"
말 나온 김에 아주 잡아버리라고 했더니
녀석 다시 때우기 시작한다
반나절 내내 뱀은 죽지 않았다
새끼를 두 마리나 낳았다

철판 밖으로 기어가고 있다
축 늘어진 어깨들의 직선을 물고 늘어진다
어디서나 새내기는 뱀이다
뱀이 없어지는 것은 좋지 않다

상처를 위하여

박씨의 검지는 프레스가 베어먹어버린
반토막짜리다 그런데 이게 가끔
환하게 켜질 때가 있다
그가 끼던 목장갑을 끼면
내 손가락에서 그의 검지 반토막이
환하게 켜지는 것이다
박씨는 장갑을 낄 때마다
그 반토막의 검지가 가려워서
목장갑 손가락을 손가락에 맞게 접어넣는다
그 접혀들어간 손가락은 때가 묻지 않는다
환하게 켜지는 검지의 반토막이 보고 싶어
나는 그의 목장갑을 끼곤 하는데
그러면 전신에 전류가 흐르는 것이다
상처가 켜놓은 것이 박씨의 검지뿐이랴
과일은 꽃이라는 상처가 켜놓은 것이다
상처가 없는 사람의 얼굴은 꺼져 있다
상처는 영혼을 켜는 발전소다

제3부

달

나는 어렸을 때 항아리에
여러 마리 쥐를 잡아 넣어두고 관찰해본 적이 있다
처음 사나흘쯤은 조용했다
닷새가 지나자 항아리는 요동치기 시작했다
지구가 요동을 쳐도 인간은 모른다
며칠 간격으로 항아리는 요동을 치다가
갑자기 조용해졌다

막대기를 넣어 마지막 남은 놈에게
사다리를 만들어줄까 하다가 그만두었다
그놈이 나왔다간 개에게 먹히거나 삽날에 찍힐 것이다
놈은 너무나 거대하여 쥐 같지가 않음에도
항아리를 탈출하지는 못했다

인간은 지구를 떠나 달에 가본 적이 있다
달에서 지구를 지켜본 경험이 있다
지구를 탈출하려는 인간에게 달이 비추고 있다

그러나 달은 항아리를 내려다보는 나와 같은

어떤 개인의 눈이 아니다

그 달이 항아리 같은 지구를 내려다보고 있다

따먹다

나는 너를 보고 첫눈에 반했다
너는 풍만한 육체가 아니라
나에게 하나의 상징으로 작용한다
너의 주위를 맴돌며 나는 의미를 찾고 있다

내가 너에게 사랑한다고 말할 때
너는 나에게 오는 것이 아니라
사랑한다는 그 말에 먼저 가본다
너는 나의 무거운 말을 들고
나에게 오기를 망설이거나
길을 잃어버린다

나는 너에게서 출발하여
사랑이라는 말에 가본다
이브가 금단의 열매와 대면했을 때
그것은 이브에게 감당하기 어려운 상징이었다
따먹고 나자 비로소 이브는 존재하였다

네가 내게로 와서 하나의 의미가 되는 것은 불행하다

내가 너를 따먹고 나면 비로소 너는
의미를 떠나 상징을 벗어버리고
하나의 실재가 된다, 아름답고 풍만한
육체가 된다

당신은 얼마나 불행하기에

인간은 누구도 불행하기를 원하지 않습니다. 행복하기를 원하고 그에 따라 행동하고 있으므로 각자는 행복을 만드는 기술자라고 할 수 있습니다. 우리의 이웃과 자연에서 뽑아낸 갖가지 사물을 이용해 우리는 행복을 만들고 있지요. 그런데 나는 하나뿐입니다. 행복을 만드는 데 필요한 재료는 모두 타자(他者)입니다. 이렇게 타자를 이용해 각자가 만들어낸 행복을 우리는 사용하고 있습니다. 이 행복은 어디까지나 실체(實體)지 실재(實在)는 아닌 것입니다. 이 행복이 실재인가 하는 것을 알려면 다른 사람에게 적용해봐야 합니다. 타인이 당신의 행복을 받지 못한다면 당신의 행복은 비실재, 즉 가짜 행복입니다. 그것은 불행입니다. 타인이 당신의 행복에 적응한다면 그것이 실재하는 참 행복입니다. 당신이 행복하다면 그 자체로 당신은 이웃과 주변을 행복하게 할 것입니다. 사람이 행복을 권리로 알고 행복을 추구하지만, 행복은 의무입니다. 자본주의는 당신이 행복해야 할 권리가 있다고 선동하고 있습니다.

어저께 우리 옆집 주부는 오디오를 고장내고 말았습니다. 오디오는 그 주부의 행복이어서 그녀는 많은 돈을 주고 행복을 수리쎈터에 맡겼답니다. 행복하다고 착각하는 사람들은 행복이 고장나도 수리할 줄을 모릅니다. 그래서 버리거나 팔아버립니다. 가난한 사람들은 고장난 것을 수리하여 잘 사용합니다. 당신은 당신의 행복 때문에 얼마나 많은 이웃과 사물을 고장낸 것입니까? 당신은 얼마나 불행하기에 그토록 행복할 권리는 주장하는 것입니까? 행복이란 인간의 선한 모습입니다.

돈!

우리 노동자들끼리 서로 만나 인사할 때
돈 좀 벌었느냐고 묻지 말아야겠다
우리는 노동계급이다, 노동은
돈을 버는 게 아니라 만드는 거다
그럼, 돈은 누가 버느냐!
돈을 버는 건 영화배우나 제작자
운동선수나 정치가 들이다
장동건은 무려 한해 68억을 벌었고 그 돈은
직공이 20명이나 되는 '순이'네 핸드폰 인쇄공장
일년 매출액보다 더 많은 것이다
너와 내가 피땀으로 만든 돈이 얼마인지
아는 건 일급비밀이다 요컨대,
저차원에서는 국가안보의 문제이며
고차원에서는 문화발전과 결부된 거다
재주는 원숭이가 부리고 돈은 주인이 받는다
원숭이들아, 노동자들아!
인간은 노동을 통하여 인식능력과 언어를 얻었다

노동이 동물을 인간으로 진화시킨 것이다
고로 지금도 노동을 하고 있는 우리는
아직 인간으로 진화하지 못한 원숭이들이다
노동계급의 발언은 발언이 아니며
노동계급은 인간으로 살고 있는 게 아니다
우리의 말은 자본가에게 비분절음(非分節音)으로 들리
는 것이다
그래서 내린 처방이 노동의 종말이다
아직도 노동을 하고 있다니
인간으로 진화하기를 망설이다니
열(熱)은 발생하여 없는 곳으로 흐르듯
돈도 노동에서 만들어져
돈을 만들지 못하는 문화로 흘러들어간다
이제는 모두 영화배우나 코미디언 가수가 되자
그래, 아직도 문화를 모르다니
이제 더이상 돈을 만들지 말고 벌자

릴케의 잠옷

태양보다 더 눈부신 것이 있다
그것이 눈부실수록
사람들은 추위를 느껴
옷을 여러 벌 껴입는다
어떤 이는 그것으로도 모자라
목숨까지도 누덕누덕 기워 입고
드높은 벽의 그늘에서 바람을 피한다
음습한 곳을 찾아든다

릴케—그는 벗었다
그 눈부신 것을 붙잡아 끌어내렸다
그리고 사람들에게 보였다
이것이 죽음입니다
그러자 상대방도 똑같은 것을 내보였다

그토록 눈부신 것을 지니고도
옷을 껴입는 이유를 릴케는 알 것 같았다

모든 백화점에서 쎄일이 시작되었다
저렇게들 화려한 옷을 입으며
누가 죽음을 인정할 것인가?
단 한번도 없었던 죽음을 걸치고
릴케는 파리의 병원가(街)를 서성거리고 있다
2003년하고도 가을을
풀벌레처럼 울어주고 있다

죽음의 다리를 건너는 법

사다리를 건너서
삶과 죽음을 왕래할 수만 있다면
영철이를 데려오고 싶다.
사(死)다리는
기울기가 50도나 60도쯤일 때
가장 안전하다.
그 이하는 미끄러지기 쉽고
그 이상은 뒤로 넘어지기 쉽다.
죽음의 다리를 칸칸 오르다가
미끄러지거든
그대로 서 있어야 한다.
사다리를 밟은 채, 떨어지는 건 순간이니까
그러나 만에 하나
뒤로 넘어지거든
넘어지면서 80도나 90도라고 직감한 순간
사다리를 쥐고 몸을 옆으로 기울인다.
그러면 순간 사다리 한쪽이 들리게 된다.

그때 힘껏 도는 것이다 돌면서 앞으로 눕듯이
사다리를 운전하여 밟고 떨어진다.
밟은 채 손을 놓는다.
영철이는 사다리를 내려오다가 가버렸다.
다리는 건너갔다가 돌아오기 위해 있는 것인데
2005년 산재당국에 따르면
하루에 8명 정도가 사다리를 건너간 후
돌아오지 않는다고 한다.

비대상(非對象)

베토벤은 귀가 멀었다는 소문이
나무들 사이에 돌고 있다
그게 정말이야! 하고 넝쿨식물들은
마디를 열 개도 넘게 만들고
대나무는 몸을 비튼다
청각을 잃게 되자 베토벤은
막았던 귀를 터놓았다
그는 없는 소리도 들을 수 있었다
청각을 잃은 후 그는 인간이 아니라
넝쿨이 더듬어가듯이,
새가 의미 없이도 노래하듯이,
자연처럼 일할 수가 있었다

지동설

궁둥이를 잘 돌리는 사람은 절대로
권위주의자는 아니다 잔머리를 잘 굴리는 사람보다
궁둥이를 잘 돌리는 사람을 사귀어라
지금은 지동설의 시대
저기 엉덩이 궁둥이를 팍, 팍, 돌리며 시장에 가는
핫팬츠 아주머니를 보라, 아름답지 않으냐
궁둥이를 돌리는 소리는 조용하다
물론, 살이 두둑하게 붙었기 때문
잔머리를 굴리는 소리는 왜 시끄러울까?
아직도 천동설을 신봉하는 사람들은 있다
그러나 태양을 중심으로 지구가 돌고 있다는 것은
이미 확인된 사실이자 명백한 진리
보라, 몸 위에 얹혀 있는 머리를
땅이 받쳐주고 있는 하늘을
궁둥이를 돌려서 지구를 운전하자!
녹이 슬어 쇠가 천천히 흙으로 돌아가고 있다
천동설이 사라져가고 있다

독수리 소녀

독수리는 먹이사슬에서 인간보다 아래의 것이다
그러나 이 자연법칙은 허구에 의해 전복된다
사막에서 굶주린 소녀가 죽기만을
기다리는 독수리 사진을 보라
이 소녀는 가난 때문에,
이미 하나의 예술 소재에 불과하다
소녀를 먹고 독수리가 사는 것 역시
자연의 법칙이다
독수리에게 소녀는 상징이 아니라 실체다
소녀를 먹을 수밖에는 없다
베토벤의 교향곡은 허구여서 전파를 타고
소녀의 귀에 들리기도 했으리라
빵은 허구가 아니기에 전파를 타고 전송되지 않는다
아프리카의 사막에는 빵과 밥의 상징도 있고
독수리가 먹을 쥐나 뱀도 있다
그러나 독수리도 소녀처럼 상징은 먹을 수가 없다
많은 사람들은 남을 돕기 전에

자신의 먹이를 주고 예술이라는 허구를 산다
우리들은 독수리의 상징 혹은 동업자인 것이다
그런데, 이 사진작가는 소녀를 구하지 않았다는
비판을 견디지 못하고 자결했다고 전해진다
셔터를 누른 즉시 독수리를 쫓아버렸는데도 말이다
이렇게 하여 우리가
독수리라는 사실은 부인되었다

* 독수리 소녀: 미국의 퓰리처상을 수상한 케빈 카터(Kevin
  Carter)의 사진작품.

침묵의 언어

나뭇잎들이 흔들리며 반짝이는 것은
사람으로 치자면 말을 하는 것일까?
이 그늘 아래서라면 입을 다물고
나무들이 읽어주는 경전을 들어보리라
해마다 수천권의 책이 출판되고
영화와 연극이 공연되는 대명천지에
지금은 헤어진 그녀도 나더러
주둥이 하나로 먹고살 생각을 하라고
이제 노동을 그만하라고 넌지시 충고하는
눈부신 지식산업과 문화의 세기에
나무들은 부는 바람에 춤을 추는구나
일을 하는구나 일을 하는구나, 땅을
깊고 넓게 일구고 있구나,
말이야말로 기술적으로 해야 하는 것이다
최소한 신에게 변명을 하기 위해 맨 처음
입을 열어 핑계를 댄 아담 정도는
되어야 말을 하는 것이다

나의 말을 훔쳐간 한권의 시집을
지금 누군가가 읽고 있으리라
내가 생산한 의미를
누군가가 써먹고 있을 것이다
나무그늘 아래서 나무가 쓴 경전을 읽어본다
나무의 언어는 나무 자체다
나무의 언어는 나무로 실재하고 있다
나무의 언어는 그 자체가 목적이다
인간의 언어는 사물의 언어를 듣기 위한 수단이다
노동은 본래 그런 침묵의 언어였다
나는 인권 대신 물권(物權)을 주장하리라
사물이 나에게 증여한 이 언어로

아직 진화중입니다

모두 다 일하고 있는 공장에서
어이— 하고 부르면
혹, 자기를 부르는가 싶어서
잠망경을 빼들어 휘휘 둘러보게 된다
대체 어느 놈이신지
모두 다 똑같은 안경에 마스크에 안전모를 쓰고 있다
귀에 익은 목소리인데도 어디서 날아온 소리인지
어느 개인이 장소로 치환되어버린다
이번엔 누군가가 큰 맘 먹고 일어서서 소리친다
거, 누구야!
조회시간에 사람을 부르려면 반드시 이름을
부르기로 약속했잖아, 그래놓고 어이가 뭐야 어이가
송아지 엄마 부르는 소리도 아니고 말이야!
얼마 후에 저쪽에서
물건을 같이 들자는 시늉을 해보인다
그러면 이쪽에서는 대뜸 손을 들어 크레인을 가리킨다
그도 동시에 크레인을 가리킨다, 사용중이다

그럼 같이 들자는, 드는 동작을 해보이면서
말 대신 동작과 표정이 오간다
반은 짐승을 닮은 몸짓과 발성, 비분절음이다
말을 안하겠다고 마스크를 쓴
비리에 연루된 고관대작들
그들의 침묵은 얼마나 퇴화를 지향하는가
우리는 지금 언어를
배우고 있는 중이다, 이곳에서는
모든 동작과 표정이 언어다
언어는 본래 이런 침묵이었던 것이다
인간은 노동을 통하여 인간으로 진화했다
노동계급은 아직도 진화중이다

찌그러진 밥통

출근길이었다.
한길에서 택시기사 두 명이
서로 삿대질로 혈압을 올리더니
약속이나 한 듯
차를 몰고 간다.
끝났나?
싶었는데, 웬걸
공터가 나오자
약속이나 한 듯
차를 동시에 세운다.

파란 택시기사가
야, 너나, 나나, 먹고살기 바쁜데 딱,
십분만 뛰자고 제안하니
노란 택시기사는
너, 이 개자식 오늘이 제삿날인 줄 알아! 한다.

싸움은 딱 십분만 뛰자던 사람이 이겼다.
코피가 터진 것을 신호로 끝난 것이다.
시계를 보니 딱 십분,
노란 택시기사가 올려다본 하늘은 노랗다.
사나이는 차 대신 찌그러진 것이다.

아무럼! 잘한다, 잘해.
밥통이 찌그러져서는 안되지!
밥이 적게 들어가니까.

의자

다리 하나가 부러진 의자가 홀로
바닷가 선창을 서성거린다
멀쩡한 네 개의 다리를 가지고도
앉아서 죽치고 있는 의자들을 떠나
여기까지 온 의자는
누구를 기다리는 것인가
만나면 즉시 인사할 수 있는 자세로
혹은 사과할 수 있는 자세로 서성거린다
서 있는 의자 위에
보이지 않는 것과 함께 새 한 마리 앉아 있다
의자와 균형을 맞추려는 것인지
다리 하나는 들고 있다
이제 의자는 다리 하나를 마저 찾아
편안하게 쉬어본다, 그도 잠시뿐
의자는 다시 곧게 설 것이다, 서서
자기를 데려갈 절정의 파도를
인간을 기다릴 것이다

다리가 네 개인 책상보다
세 개인 책상이 더 견고하게 선다고 한 사람은
니체다, 그는 평생을 하나의 다리로만 살았다
아니면 세 개의 다리로 살았을 것이다, 나머지
두 개의 다리를 어찌할 수가 없어
다리가 없는 사람을 찾아헤맸을 것이다
그러나 인간은 모두 두 다리를 가지고 태어난다
저 의자의 다리 하나를 빼앗아버린 사람은 누굴까
그도 다리 하나가 없었을 것이다
나는 그 중간을 택했다, 다리 하나가 고장난 나는
춤으로 걸음에 리듬을 만들어가며
의자를 들고 서성거리고 싶을 때가 있다

이성민을 만나다

가끔 나를 못생겼다고 구박하던
다정한 친구 이성민
그를 이십년도 더 지나서 신설동 근처에서 만났다
여전히 허름한 내 옷차림을 보더니
지금도 용접을 하고 있느냐고 물었다
놈의 어울리지는 않지만 말쑥한 정장을 보니
계급상승에 어지간히 애쓰는 모양이었다
여자들이 남자를 보면 먼저 손을 본다나
직업이 무엇인지를 알려고, 놈은 밤마다 두 손에
바셀린을 흠뻑 바르고 고무장갑을 끼고 잔다고 했다
놈의 손은 정말로 윤이 나고 예뻤다
놈은 또 맞선에 대비하여
상식백과사전을 열심히 읽기도 했다
지금 무슨 일을 하느냐고 물으니
기독교와 관련된 장사라고 한다
놈이 우리 몇에게 알려준 기상천외의 비법은
돼지비계를 사다가 삶아서

칼로 가운데를 적당히 절개하여
거기에 성기를 삽입하면 효과가 있다는 거였다
우리는 막걸리를 뿜어내며 웃었지만
포장마차 아주머니는 단호하게 말했다, 차라리
그만그만한 애인을 만들어 어서 장가들 가라고
궁색하고 가난한 삶은
그 방법이 능률적이지 못한 까닭에
부유한 삶보다 더 리얼한 법이다
손님을 만나야 한다며 허우적허우적 걸어가는 뒷모습이
그런대로 그럴듯해 보였다
놈의 그 윤기나고 예쁘던 손도 주름이 밀리고 있었다
30여년 전, 꽃값을 달라고 따라다니던 누나뻘 아가씨와
노벨극장 앞에서 호떡과 자장면을 사먹던 일
자리싸움에 얻어터져가며 구두닦던 겨울이 생각났다
미생물들의 움직임을 현미경으로 보고 있으면
장바닥의 사람들보다 더 분주하다
이성민 그를 이렇게 만나다니……

성공은

어떠한 고역도 시련도 없이
성공한 사람들이 나는 두렵다
특히 그가 지도자가 되려 한다거나
굳이 예를 들자면
대통령이 되겠다고 나선다면
그의 당선에 반대하리라
사람의 털을 벗겨버린 신의 뜻은
상처를 입으라는 것이기 때문이다
하다못해 땅마저도
상처가 아니라면 어디에
사랑을 경작하랴
성공하는 모든 사람들은
성공에 대한 정의(定義)를
성공하지 못하는 사람들로부터 받아야 한다

제4부

소용돌이

나는 무골호인이 아니다
나를 거스르지 마라
나를 거역하는 자에겐
가차없이 대적하리라
나는 먹을수록
배가 고픈 자궁이다
나를 범하는 자는
그 목숨을 물에 말아먹고 말리라
누구든 내 앞에서는
뼈를 세우지 마라
목에 힘주지 마라
흐름에 맡기고
송장헤엄을 쳐라
나는 삼키는 자궁이다
나는 찌꺼기를 낳는다

아름다운 사람

그의 주식(主食)은 시간이다
그는 머무르지 않는다
그는 미동한다, 아니다
그의 존재는 미동한다
그는 물질 대신 시간을 낭비한다
인간의 주식인 언어를,
그는 가끔 먹어본다
그의 직업은 죽음과 직통하는 것이다
그가 이룩한 것은 그 자신 외에는
아무것도 없다
그는 게으른 사람이다
게으른 사람이 아름답다
그는 존재를 낭비하지 않는다

실패한 연애를 위하여

여름에 내리는 주먹만한 우박
벌써 봄인가 싶어 겨울에 피어보는 개나리
유부녀인 줄도 모르고 꼬리를 저으며 따라다닌
나의 실수는 한동안 구경거리였다
그녀는 이를테면 태양 같았다
나는 가끔 이상난동을 부리는 날씨처럼 살고 싶다
나는 모자라서 거기에 적임자
이번에 시작한 연애도 헷갈리기는 마찬가지
그녀가 처녀인지 유부녀인지
똥과 된장은 구별이 안되고
나의 후각은 마비상태다
나같이 모자란 놈을 위해

실수는 실패가 아니다
자연에는 실패가 없다
문명은 실패를 통하여 질서에서 무질서로 이행한다
질서가 없이도 아름다운가?

단순함이 복잡함을 이길 것이다
질서가 무질서를 이길 것이다

예술은 실수의 수납공간이다
시행착오의 연속이다
완성이란 없다, 이것이
성공한 연애보다 실패한 연애가
아름다운 이유다, 실패한 연애는
내 시의 실체이자 실재다
매번 성공하는 연애는 무질서를 낳는다

자전거와 자동차

자동차는 자전거가 퇴보하여 생긴 것이다
자전거는 진리처럼 열려 있다, 누구나
자전거는 탈 수가 있고 면허증이 필요없다
현대는 진리를 실천하는 데 면허증이 필요한 시대다

자전거는 고장이 나도 쉽게 고칠 수가 있고
고치지 못하면 밀고 다닐 수가 있다
좁은 문으로 들어가라!
자전거는 논둑으로도 갈 수가 있다

감기약 대신 자전거를 타고 감기를 이기는 사람들
좀 느리기는 해도 자전거는 자연을 생산한다
진리가 인간에게 절대적인 것이라면
그래서 모든 인간이 먹고 마시는 것이라면

생각건대, 진리는 오묘하거나 어려운 것이어선 안된다
진리는 자전거처럼 단순하고 명쾌한 것이다

진리를 운전하는 데는 면허증이 필요없어야 한다
자전거와 진리는 서로 닮았다

나는 운전면허증을 따는 데 2년이 걸렸다
자동차 유지비를 대느라, 쉬지도 못하고 일해야 한다

정년제

아침이다
미량의 희망이 배달되어왔다
정지상태의 세포가 야금재료로 적합하다
한때는 모래였던 살
피냄새를 맡으며 수군거리는 햇살
사내는 무심히 바라본다
키에 닿는 건물을 지날 때
깎여나간 어깨를 씨멘트로 보충하고
대었던 보강재를 떼어냈다
손에는 자결한 순수를 쥐고 있다
도대체 의지 따위가 왜 필요한가
사내가 돌아서자
등뒤에 거울이 지워진다
피맛에 길들여진 관성
이 무중력장 안에서는
오로지 타고 다니는 파장이 필요하다
집요하게 먼지가 그를 미행한다

때를 벗겨보는 밋밋한 적요가 싫은지
사내는 새삼 흙을 한줌 먹어본다
느낌표에 기대어 일어선다
인간은 수치심으로 몸을 가누고 있다!
그는 내려닫은 문에 기댄다
그것이 안전한 노크이기 때문이다

종이와 잉크

종이에 잉크가 번지는 것은 어쩌면
종이와 잉크도 자기와 타자를 인식한다는 것일까?

그 번짐은 의사소통과도 같은 것
물질 없이 정신이 나타날 수가 없으리
정신 없이는 물질이 만나지 못하리

종이에 잉크가 번지면 관계는 회전한다
종이에 잉크로 글씨를 써가며
나는 종이와 잉크가 서로 다름을 알아보고
상호작용하는 바에 감사하고 기뻐한다

종이가 잉크를 아는 체도 하지 않는다면
종이는 잉크를 거부할 것이고
잉크는 잉크대로 종이를 거부할 것이다
그렇게 되면 나는 글을 쓸 수가 없을 것이다

말을 가지지 않은 종이와 잉크의 정신이여
그들의 존재는 얼마나 완벽한가

인간은 인간만이 정신을 지니고 있다고
스스로를 기만한다, 그러나
우주를 구성하는 만물은 나름의 지위와 역할이 있고
그에 맞는 형식의 정신을 지니고 있는 것이다

흙은 저만의 정신으로 씨앗을 간지럽게 하고
간지러움을 참지 못하는 씨앗들이 잎을 열어 말한다

화곡역 청소부의 한달 월급에 대하여

올해 문화예술위원회에서 주겠다는
지원비가 드디어 한달에 100만원씩
1200만원으로 올랐다, 용렬하게
이 몸도 신청했다, 문득 화곡역 청소부에게
한달 월급이 얼마나 되느냐고
왜 물어보고 싶었을까?
63만원이라고 했다.
시집도 내고 목돈으로 1200만원이나 벌었으니
행복은 역시 능력있는 사람의
권리지 의무가 아니라고
누군가는 생각할 것이다, 솔직히
배때지가 꼴린다, 내가 못 받았기 때문이다
"모든 예술은 사기다."
백남준의 이 말은 은유도 비유도 아니다
예술은 부를 창출하는 게 아니다, 그 청소부는
얼마나 많은 부를 창출하고도 그것밖에 가지지 못하나
예술은 허구를 조작하는 것이다.

이 사실을 자각하는 시인만이 시인이라고
단언하기는 그렇지만, 시인들이여
행복은 권리라고 생각하지 마라, 그렇다면 그대는
시인은 못되리라, 행복은 누구나의 의무다
우리의 행복함은 곧 우리가 선함이요
우리의 불행은 우리가 악하기 때문이라
이러한 행복과 불행의 원리는,
화곡전철역에서 하루종일 허리 구부리고 청소하시는
아주머니의 월급이 63만원밖에
안되기 때문이다.

허깨비를 세우다

인간의 영혼이란 허깨비보다는 모호한 것이다 다행스
럽게도 우리에겐 그것이 나쁜 것일지라도 확실한 것에
매달리는 습관이 있다 고로, 허깨비에 대하여 탐구하는
것이 더 바람직하다, 인간은 죽어도 죽은 사람의 허깨비
는 남는다는 엄연함, 각자는 각자의 허깨비를 세우는 데
최선을 다한다 후손들은 허깨비에 대하여 연구하고 허깨
비를 양육한다 이것이 우리의 유일한 유산이므로 나는
사랑은 영원하다는 말로 나의 허깨비를 세우기로 했다,
그것으로 부족하다면 사랑하는 사람은 행복하다는 말을
보충한다 나의 허깨비는 이제 완벽하다 돈보다 음식보다
더 믿을 만한 것이 되리라, 피가 되고 살이 되리라 허깨
비가 싫다면 영혼이라고 해둘 일이다 우리의 얇은 귀에
는 관념이라고 하면 자존심 상하고 영혼이라고 하면 고
상하게 들린다, 사랑과 행복과 무관하게 영혼이 불가능
하다는 것은 당신도 알 것이다 영혼을 우리는 어떻게 거
래하고 있는가? 빵은 필요하지 않은가? 굶주릴 때는 아
무도 영혼에 대하여 배려하지 않는다, 부유해지고 나면

비로소 영혼을 들먹이게 된다, 영혼을 위해 모든 것이 필요하다 그런데, 허깨비는 아무것도 필요하지 않다 허깨비 만세! 우리는 무한의 상속자다! 딛고 있는 대지보다는, 푸르른 하늘보다는 허깨비를 믿는다

통증은 환하다

까마득한 후배에게 우문현답으로 한대 맞은 날
바쁘게 걷다가 전봇대에 이마를 부딪힌 날은
맞은 곳의 통증이 삼십촉짜리 불을 켜들고
몸과 마음 구석구석을 다니며
골목등을 모두 켜놓는다
비상! 비상! 무감각을 깨운다
안심하고 있던 방심(放心)도 벌떡 일어난다
그 후끈후끈한 곳에 파스를 붙이면
안은 일시에 소등이 되어버린다
캄캄할 것이다
그래서 나는 파스를 붙이지 않는다
그 맞은 곳을 통해 세상이 내 안으로
흘려넣어주는 한모금의 빛
오늘 아내가 바가지는 긁질 않고 그곳을 만진다
밤에도 내 이마는 환하다
이 통증을 켜들고
분실한 나를 찾으러 가자

희망

재앙은 희망의 강대한 지지자다
인간이 이룩한 것을 재앙이 씹어먹지 않는다면
인간은 창조할 근거가 없어질 것이다
인간이 재앙을 즐기는 한가지 이유는
인간의 권태를 재앙이 달래준다는 사실에 있다
희망은 어떻게 공포와 연결되는가
인간은 환상으로 희망을 양육하고
희망에게 선동당하기도 한다
축제와 전쟁의 밑천인 희망이 있다
고난과 비참에 혼합된 희망을 가려내어
희망을 버리고 고난과 비참을 마시는
자결을 결행하지 못하는 인간
모든 결핍과 파경의 주(主)이신 희망
인간은 희망을 위하여 살고 죽어간다
욕망의 포주인 희망
희망이란 인간의 상징능력이
악에게 씌워준 가면이다

자폐증

무슨 말을 하랴
그 오랜 시간과 사랑을 말하기엔
사과 한알이면 충분하다
객관적 상관물!*
사과 한알을 열고
들어갈 수 있는 사람은 단 한 사람
우리 선희밖에는 없다
자폐증을 앓는 선희는
말보다 사과에 집착한다
오늘도 선희는 사과를 열고 들어갔다
사과를 열면 이 세상보다 더
넓고 찬란한 세계가 있다
사랑해, 하면 선희는 사과를 들어 보인다
처절한 개성으로부터의 도피*
시는 둥근 과일처럼 만져지고 묵묵해야 한다**
선희가 들어 보이는 사과처럼 시는
의미할 것이 아니라 존재해야 한다**

노자나 쏘크라테스도 예수도
도무지 말하지 않았다 쓰지도 않았다
선희가 열고 들어간 세계에서
그들이 놀고 있다

* 엘리어트(T. S. Eliot)의 시론에서
** 머클리시(A. MacLeish)의 「시법」에서

휴전선

사랑을 구체화하는
꽃의
중심에
맞추는 총구의 가늠자
그 위에 임의로 긋는
수평선과 수직선의 교차점에
피에 절인 평화가 놓여 있는가!

계곡을 돌아온 총성이 꼬꾸라진 지점에서
아니라고, 아니라고,
고개를 흔드는 꽃들의
이유(理由)와, 잎잎마다
푸르게 멍이 드는 세월의 갈구
그것은 벌써
하늘을 잃어버린 비둘기인가 깃발인가?

얼어붙은 관념의 발효

물감으로 풀리는 바위를 찍어바르며
아지랑이 속에서
능선이 일렁인다

긴장하는 병사여!
가슴에는 뜨거운 빙하(氷河)
등골을 흘러내리는 땀방울
철조망에 찢어진 하늘을
그날의 깃발인 양 흔들며
시방 바람은 울며 가는데,
有 效 射 距 離
조국은 거기서 얼마쯤인가!

한일합방

1988년 몇달간 창원시 삼성중공업 현장에서
한국인과 일본인이 같은 화장실을 썼다
우리는 일본 어느 제철공장에서 쓰다가 가져온 기계를
일본인들의 지시에 따라 재를 털어내고 청소를 해서
라인을 조립하고 있었다
합판으로 만든 화장실 사방 벽은
낙서하기에 좋았다, 여자 사타구니, 정액 흘리는 성기
잔업과 특근의 임금을 계산한 곱하기 더하기 등등
리얼하지만 가엽고 부끄러운 낙서
진압하듯 누가 굵은 매직으로 써놓은 한자들
人間一日不讀書樣牛(인간일일부독서양우)
우리는 36년간이나 그 밑에서 신음했다
조국의 역사를 읽는 것은 낙서를 읽는 것보다는 재미
가 없는데
대한민국 국민들의 집집마다
방문판매로 구입한 교육용 한국위인전집이 있고
반일이 위업이면 친일도 위업이다?

KBS드라마 '명성황후'에서는

문서를 이해하지도 못하고 강화도조약을 체결하고

그로부터 어언 백년여

이 나라 국민의 문서해독능력이

OECD국가 중 최하위라는 뉴스를 무심결에 듣는다

한일합방은 방을 같이 썼다는 뜻인가?

지금도 여전히 우리는 사죄를 요구하고

그들은 사죄하는 한편 사죄를 취소한다

우리의 잘못은 전혀 없는 것처럼

냄비 안의 국거리처럼 끼리끼리 들끓고

국민의 정서에는 피로가 누적되고 있다

인간은 하루라도 책을 읽지 않으면 소와 같고

소는 반성할 필요가 없는 것이다

희망을 꺼놓자

인간이 희망을 켜놓은 지 오래되었습니다
태양 아래 새로운 것은 없으므로
희망이 태양보다 더
밝게 빛나는 것은 인간에게 좋지 않을 듯합니다
왜냐하면 희망으로는
식물을 재배할 수 없기 때문입니다
희망을 꺼버리면 어떨까요?
절망은 희망의 위성 같은 것으로서
희망의 빛을 반사하여 빛나고 있기에
희망을 꺼두면 절망도 빛나지 않을 것입니다
지구가 사막화하고 있는 것은
태양보다 희망이 더 빛나기 때문입니다

■

해설

실재의 시학

맹문재

1

　'실재'는 최종천 시인의 두번째 시집 『나의 밥그릇이 빛난다』에서 '상징'과 대척점을 이루면서 시세계의 토대이자 주제가 되고 있다. 이는 시인이 이 세계와 그 속에 존재하는 자신을 적극적으로 성찰한 결과로, 자신이 노동계급과 같은 뿌리를 가지고 있다는 인식의 증표이자 그만의 세계관을 보여주는 증거다. 이 '실재'는 사회적 존재로서 시인이 수용한 가치이자 규범이고, 생활의 이치를 담고 있는 나침반이며, 인생을 꾸려가는 터전이기도 하다.

이러한 실재 인식이 어디에서 연유하는지 차분히 해명하는 것이 숙제가 되겠지만, 일단 서구철학에서 말하는 실재론이나 라깡 정신분석학의 삼분법을 빌려 이해해도 무리가 없을 것이다. 실재는 관념과 대립되는 것으로, 관념론이 정신적 존재를 본원의 것으로 보고 물질적 존재를 그 현상으로 보는 것에 비해, 실재론은 인간의 의식에서 독립된 객관적 존재를 인정하고, 그것을 인식의 기준으로 삼는다. 주관적 추상이 아닌 객관적 실체(존재)야말로 보편적 개념이라고 보는 것이다.

라깡은 인간의 의식세계를 이루는 축으로 상상계와 상징계, 그리고 실재계를 설정했다. 상상계는 아이가 태어난 지 6~18개월 사이에 형성되며, 거울에 비친 자신의 모습을 이상적인 자아로 갖는다. 이에 비해 상징계는 언어와 상징적 기호가 지배하는 것으로, 인간의 무의식적 활동을 규율하는 규범이나 법이다. 상상계란 상징계와 함께 기능하며, 갈등을 일으키는 타자로 존재한다. 실재계란 이와 같은 상상계와 상징계를 연결해주는 영역이다. 보로메오의 매듭(Borromean Knot)처럼 이 셋은 하나로 묶여야만 정상적으로 존재할 수 있다. 만약 상징계 속에 있으면서 상상계에만 빠지면 정신병이 되고, 상상계라는 타자를 도외시하면 도착증이 된다. 정신병에서는 억압을 인식하지 못하는 배제가, 도착증에서는 파시즘이 나타난다. 인간은 상징계 속에서 살아가면서 상상계라는 타자로부터 결코 자유로울 수 없다는 사실을 환기하는 고리가 바로 실재계이다. 충동과 타자를 이어주고, 죽음 충동을 삶 충동으로 바꾸어주는 것이다.

시인은 이와 같은 실재에 대한 인식을 통해 상징을 비판한다. 상징으로 표상되는 관념과 추상과 형식주의를, 그것을 지향하는 예술을, 그리고 그것을 공고히하는 이 세계의 가치기준을 허구라고 비판한다. 또한 시인은 실재를 강조하고 그 가치와 필요성을 부각시키기 위해, 상징과 대립시키고 있다. 그에게 실재가 긍정적인 대상이라면 상징은 부정적인 대상이다. 실재가 밥이나 빵과 결합된 것인 데 반해 상징은 예술이나 철학의 관념과 결합된 것이다. 실재가 가난과 상처와 노동과 결합된 것인 데 반해 상징은 풍요와 안온과 비노동 혹은 반노동과 결합된 것이다.

최종천 시인은 왜 상징을 부정적으로 인식하고 있는 것일까? 그것은 상징이라는 개념 자체나 그 의의를 부정해서가 아니라 오늘날 횡행하는 세계인식과 예술이 관념, 추상, 형식 등에 과도하게 기울었다고 진단하기 때문이다. 다시 말해 예술이나 문학은 인간다운 삶의 실현에 기여해야 하는 것인데, 상징에 지나치게 함몰되어 제 역할을 못한다고 보는 것이다. 그러므로 시인에게 상징은 허상일 뿐이다. 상징은 심오함이 아니라 현실의 회피이고, 미학이 아니라 실재의 의도적 오류이며, 대상을 환기하는 것이 아니라 명확한 명제를 포기하는 것이고, 풍부한 의미를 제공해주는 에너지가 아니라 허구의 수단일 뿐이다. 그리하여 시인은 상징을 위한 상징을 추구하거나 거기에 함몰된 예술과 계급을 단호하게 비판한다.

그렇다면 시인이 내세우는 실재란 어떤 것인가? 그것은 자신의 삶이 영위되는 일상이고, 일상의 구성원으로서 존재하는 사람들이다. 시인은 그 실재를 이루는 토대로서 노동을 이야기한다. 노동이야말로 실재의 바탕이고 철학이라고 보는 것이다. 이런 점에서 최종천의 시는 새로운 노동시, 즉 노동의 가치를 관념이 아니라 실재의 차원으로 인식함으로써 노동의 기반을 한층 다지면서 영역을 확장했다고 볼 수 있다.

2

나의 손은 눈이 멀었다

망치를 쥐어잡기보다는
부드러운 무엇을 원하다
강요된 노동에 완고해지며
대책없이 늙어가는 손

감각의 입구였던 열 개의 손가락은
자판 위를 누비며
회색의 언어들을 쏟아내고 있다
보이지 않는 것을 뚜렷하게 보여주던
손의 시력은 도수 높은 안경을 끼고 있다

열 개의 손가락에서 노동은 시들어버렸다
열 개의 열려 있는 입을 나는 주체할 수가 없다
모든 필요를 만들어내던 손
인간의 유일한 실재인 노동보다
입에서 쏟아지는 허구가 힘이 되고 권력이 된다니

나의 손은 이제
실재의 아무것도 만들지 않으며
허구조작에 전념하고 있다
나는 노동을 잃어버리고

허구가 되어간다

상징이 되어간다

—「가엾은 내 손」 전문

시인은 '상징'이란 "눈이 멀"게 된 것으로, "부드러운
무엇을 원하"고, "대책없이 늙어가는 손"으로, "회색의
언어들을 쏟아내"며 노동이 시들어버린 것으로, "열려
있는 입을 (…) 주체할 수가 없"는 것으로, 그리고 "허구
조작에 전념하고 있"는 것으로 인식하고 있다. 그에 반해
'실재'란 "망치를 쥐어잡"는 것으로, "보이지 않는 것을
뚜렷하게 보여주"는 것으로, "모든 필요를 만들어내던
손"으로, "인간의 유일한 실재인 노동"으로 인식하고 있
다. 시인은 '상징'과 대비하면서 '실재'를 옹호하는데, 이
모습이 단순한 이분법이나 일방적인 분류가 아니라 자기
성찰에 따른 것이기 때문에 진정성이 느껴진다. 시의 화
자는 잃어버린 노동을 외부 환경의 탓으로 돌리기보다
자신의 책임으로 인식하고 있다. 그리하여 시인은 '실
재'와 '노동'을 임의관계가 아니라 결합관계로 바라본다.
피상적인 관찰을 넘어 그 사태(실재와 노동의 관계)를 간
파함으로써 자신의 인식을 다지고 있는 것이다. 이러한

면모는 '노동'에 대한 시인의 애증이 매우 강하다는 것을 보여주는 증거다. '노동'을, 먹여살려야 할 식구나 사귀어야 할 동지처럼 여기고 있는 것이다.

'상징'이 지배하는 시대에 '노동'을 옹호한다는 것은 쉽지 않다. '상징'이 요구하는 바를 민첩하게 파악해 적당히 타협하며 순응하기를 거부하고 주체성을 일관되게 지키는 것은 지극히 어려운 일이다. 그런데도 이처럼 행동하는 것은 시인이 '상징'의 허구성을 간파하고 있기 때문이다. '상징'과 타협하면 결국 자아를 상실한 채 허우적거린다는 사실을 뼈저린 체험을 통해 자각하고 있는 것이다. 그 체험이 바로 '노동'이다. 시인은 '노동'을 저버리면 저버릴수록 진정한 자아를 상실하고 '허구'가 된다는 것을 체득하고 있다. 그래서 그는 누구의 눈치도 보지 않고, 어떠한 타협도 계산도 없이 '노동'의 손을 잡고 있는 것이다.

삼풍백화점이 주저앉았을 때
어떤 사람 하나는
종이를 먹으며 배고픔을 견디었다고 했다
만에 하나 그가
예술에 매혹되어 있었다면

그리고 그에게 한권의 시집이 있었다면

그는 죽었을 것이다

그는 끝까지 시집 종이를 먹지 않았을 것이다

시의 의미를 되새김질하면서

서서히 미라가 되었을 것이다

그 자신 하나의 상징물이 되었을 것이다

—「상징은 배고프다」전문

　시인의 적극적인 실재 인식은 '상징'에 대한 극단적인 비판으로 나타난다. 가느다란 삶의 끈을 잡고 있는 생과 사의 경지에서 '상징'은 부질없는 것이다. 여기서 "삼풍백화점이 주저앉았을 때" "종이를 먹으며 배고픔을 견디"어낸 사람과, "예술에 매혹되어" "시집 종이를 먹지 않"고 "시의 의미를 되새김질하면서 / 서서히 미라가 되"어간 사람의 경우는 비교할 거리가 되지 못한다. 그럼에도 이 자본주의 사회에서 '상징'은 점점 더 옹호되고 생산된다. '예술'에 의해 찬미되고 전파되고 소비되고 있다. 아무리 먹어도 "상징은 배고"픈 상황이다. "인생은 짧고 예술은 길다"(「비만에 불만을 표하지 말자」)라는 캐치프레이즈가 여실히 증거하듯이 '상징'은 점점 대량으로 생산되고 유통되어 과도하게 소비된다. 소비자의 욕구와 욕망을 철저히 파악해 거대시장을 장악하고 있는 것이다.

이러한 '상징의 비만화'에 반비례해 터무니없이 위축된 실재의 세계, 이것이 시인의 눈에 비친 오늘의 모습이다. 소비자는 자동차를 생산한 노동자보다 자동차라는 상징에 관심을 쏟는다. 또 자동차의 실체가 아니라 이미지를, 자동차라는 대상이 아니라 그 기호와 이데올로기를 구매한다. 그리고 그 상징에 만족하고 감동한다. 그것으로 세계를 인식하고 자신의 능력과 위치를 평가하고 정립한다. 이런 이유에서 시인은 예술로 표상되는 '상징' 앞에서 더이상 물러서지 않고 "모든 예술은 사기" (「화곡역 청소부의 한달 월급에 대하여」)라고 비판한다. 상징의 공세 속에서 실재를 방어하고 그 가치를 지향하는 것이다.

헤겔전집을 읽을 때 베토벤을 들을 때
나는 의미를 소비하고
의미는 나를 소비한다
의미에 나를 담아두고
어언 십년이 지나는 동안
나는 나를 팔아먹고 비어 있다

의미를 소비하지 못하는 인간
그를 우리는 무식한
문화를 모르는 인간이라고 한다
자신을 상징으로 만들지 못하는 인간은
적어도 천재는 아니다
천재가 이 지상에서 한 일이라고는
모순을 한층 치밀하고 정교하게 만든 것이다
덕분에 우리는 오류를 즐길 수 있게 되었다

예수의 상징에 절하는 사람들
헤겔의 상징에 머리를 싸맨 사람들
베토벤의 상징으로 귀를 막아버린 사람들

헤겔전집 속에는
헤겔이 소비한 헤겔이
문자로 분해되어 있다
그를 만나기 위해선 모든 문자들을 조립해
만질 수 있는 그 무엇으로 만들어야 한다

불가능한 시행착오의 쓰레기 속에서
얼마나 많은 인간들이

실재인 자신을 버리고 허구를 살고 있는가
—「나는 소비된다」 전문

헤겔의 관념론을 비판하면서 시인만의 '실재론'의 단초를 보여주는 작품이기도 한데, 그야말로 '예술'의 허구성이 선명하게 드러난다. 시인이 이러한 태도를 취하는 이유는 작품 제목이 암시하듯, '예술'이 생산적인 것이 되지 못하면서 오직 소비를 위해 존재하고, 소비를 위한 소비의 대상에 불과한 것이 되기 때문이다.

이 판단은 생산과 소비를 증식하는 시장의 속성을 파악한 것보다는 그 시장의 소용돌이에 빠진 주체성의 문제를 인식했다는 점에서 의의를 갖는다. 다시 말해 "헤겔전집을 읽을 때 베토벤을 들을 때 / 나는 의미를 소비하고" 있을 뿐 생산하지 못하는데, 단순히 시장성의 문제만이 아니라 그것들이 추구하는 사상이 무엇인지, 그것들이 어떤 사회적 가치를 갖는지를 주체적으로 파악하지 못하고 있음을 자각하는 것이다. 자신이 주인이 되어 예술과 주체적으로 관계해야 하건만, 엄청난 '상징'에, 즉 명성과 지식과 교양과 정보라는 시장성에 주눅들어 복종만 하고 있음을 인정하는 것이다. 그리하여 시인은 예술의 명성이라는 것은 그것을 옹호하는 자들이 만들어놓은 관습일 뿐이라고 주장한다. 아울러 "의미를 소비하지 못하는 인간 / 그를 우리는 무식한 / 문화를 모르는 인간이라" 일컫는 사회적 편견에 갇혀 "어언 십년이 지나는 동안 / 나는 나를 팔아먹고 비어 있"을 뿐이라고 토로한다. 상징 옹호자들에 순응해온 자신을 참회하는 심정으로 "천재가 이 지상에서 한 일이라고는 / 모순을 한층 치밀하고 정교하게 만든 것"뿐이고, "덕분에 우리는 오류를 즐길 수 있게 되었"을 뿐이라고 비판까지 한다. 언뜻 이 평가를 '예술'을 극단적으로 폄하하는 것으로 볼 수도 있지만, 시집 전체를 놓고 보면 비만화된 예술과 상징에 표하는 일종의 거부이자 부정임을 알 수 있다. "예수의 상징에 절하는 사람들 / 헤겔의 상징에 머리를 싸맨 사람들 / 베토벤의 상징으로 귀를 막아버린 사람들"처럼 주체성을 상실한 채 굴복하는 현상을 비판하는 것이다.

그렇다면 이 압도적인 상징 우위의 세계에서 시인이 내세우는 대안이란 무엇인가? 그것은 "실재인 자신을 버리고 허구를 살고 있는" 현실을 극복하는 일, 곧 자신의 주체성을 회복하는 일이다. 다시 말해 "그를 만나기 위해선 모든 문자들을 조립해 / 만질 수 있는 그 무엇으로 만들어야" 하는 것처럼, 생산에 기여하는 노동을 추구하는 일이다.

이 점에서 최종천 시인의 시는 새로운 노동시라고 볼 수 있다. 기존의 노동시가 추구한 노동해방이라는 구호를 넘어서고 있는 것이다. 시인은 그러한 구호 역시 관념이 앞선 것이라고, 진정한 생산에 기여하지 못한 것이라고 생각한다. 그리하여 노동의 문제를 '실재'의 차원에 놓고, 그것의 가치가 훼손되고 위협받는 것을 방어하고 경계하기 위해 탐구한다. 현상적인 계급문제보다도 노동의 가치를 위협하는 그 어떤 이념이나 제도와 윤리, 습관에 근본적으로 대항하고 있는 것이다.

3

올해 문화예술위원회에서 주겠다는
지원비가 드디어 한달에 100만원씩
1200만원으로 올랐다, 용렬하게
이 몸도 신청했다, 문득 화곡역 청소부에게
한달 월급이 얼마나 되느냐고
왜 물어보고 싶었을까?
63만원이라고 했다.
시집도 내고 목돈으로 1200만원이나 벌었으니

행복은 역시 능력있는 사람의
권리지 의무가 아니라고
누군가는 생각할 것이다, 솔직히
배때지가 꼴린다, 내가 못 받았기 때문이다
"모든 예술은 사기다."
백남준의 이 말은 은유도 비유도 아니다
예술은 부를 창출하는 게 아니다, 그 청소부는
얼마나 많은 부를 창출하고도 그것밖에 가지지 못
하나
예술은 허구를 조작하는 것이다.
이 사실을 자각하는 시인만이 시인이라고
단언하기는 그렇지만, 시인들이여
행복은 권리라고 생각하지 마라, 그렇다면 그대는
시인은 못되리라, 행복은 누구나의 의무다
우리의 행복함은 곧 우리가 선함이요
우리의 불행은 우리가 악하기 때문이라
이러한 행복과 불행의 원리는,
화곡전철역에서 하루종일 허리 구부리고 청소하시는
아주머니의 월급이 63만원밖에
안되기 때문이다.

　　　　—「화곡역 청소부의 한달 월급에 대하여」 전문

최종천 시인의 실재에 대한 인식이 노동계급을 통해 구체화되는 모습을 여실하게 보여주는 시다. 시인은 인간적인 관점으로, 즉 배제가 아니라 포용의 원리로 노동계급을 품는데, 이는 자신이 노동자라는 사실에 의지해서가 아니라 노동자다운 세계관에 따른 것이다. 이런 측면은 「시인의 말」에서도 잘 나타난다. "노동계급이야말로 진정한 의미의 사제(司祭)"이고 "노동계급의 사상만이 인간을 되살려낼 수 있"다고 그는 믿는다. 노동계급이야말로 절대적인 실재인만큼 그들의 사상은 인간다운 삶의 형성에 필요한 철학이고 종교라고 보는 시인의 세계관은, "행복과 불행의 원리는,/화곡전철역에서 하루종일 허리 구부리고 청소하시는/아주머니의 월급이 63만원밖에/안되기 때문"이라고 진단하는 데서 한층 명확해진다. 모든 행복과 불행의 토대는 인간의 노동에 대한 댓가에 영향받는다고 보는 것이다. 따라서 화곡역 청소부가 월급을 '63만원'이 아니라, '문화예술위원회'가 '시인'들에게 창작지원금으로 주는 '1200만원'과 비교해서 제대로 받을 때, 행복과 불행의 원리가 통합된다고 생각한다.
　　이같은 주장을 담은 작품은 공정한 사회적 분배라는 생각을 내포하고 있기에 노동시로서 가치를 지닌다. "모든 예술은 사기"이고 "예술은 부를 창출하는 게 아니"라고, 예술의 비생산성을 비판하면서 노동의 가치를 강조하는 것이다. 시인이 생각하기에 '시인'이란 이러한 가치를 인식하고 실행하는 사람이다. 따라서 진정한 시 쓰기 혹은 진정한 시인의 자화상이란 노동계급의 가치를 실현하는 것, 즉 노동시란 노동계급을 상징으로 표상하는 것이 아니라 실재를 형상화하는 것이라고 보고 있다. 노동이라는 실재를 관념화해서는 진정성을 상실한다고 믿는 것이다.

최종천 시인은 이번 시집에서 노동의 관념성을 극복하고 실재를 인식하는 결실을 보여주었다. 노동현실을 소박하게 묘사하거나 관념적으로 외친 것이 아니라 깊은 성찰을 통해 인식했다. 그리하여 실재가 높아지고 상징이 낮아졌으며, 노동이 높아지고 예술이 낮아졌다. 실재는 좀더 보충되고 종합되고 창조되어 상징과 대등하게 되었다. 용기 있는 인식으로써 노동시가 궁극적으로 추구하는 인간성 회복에 한층 기여한 것이다.

孟文在 | 시인

■

시인의 말

지금은 실재성을 회복할 때다

화이트헤드(A. N. Whitehead)는 그의 저서 『이성의 기능』(*The Function of Reason*)에서 생물진화에 있어 이성을 지닌 인간출현의 필연성을 탐구하고 있다. 내가 생각하는 바에 따르면 자연은 자신의 먹이사슬의 완성을 위해 인간을 만들었을 뿐이다. 인간의 입장에서 생각하자면 그것은 순전히 우연이다. 그러나 그 우연은 필연과 마주보고 있다. 그 필연으로부터 이성의 기능이 모색되어야 한다. 그것은 「창세기」에 보이는 노동하는 존재로서의 인간창조와 일치한다고 생각한다. 인간의 목표는 아마도 생물권 바깥에 있는 듯하다. 그것은 비실재적이다. 오늘날 이미 인간 자신에 대한 비실재화, 허구화가 급진전되고 있다. 「창세기」는 이러한 비실재화가 곧 재앙이 될 것임을 경고하고 있다. 이성의 기능은 실재성을 회복하는 것이다. 그것은 우선 우리 안에서 끓고 있는 욕망이 우리 자신의 것이 아닌 타자의 것임을 아는 데서부터 시작되어야 할 것이다. 에이즈는 면역성의 결핍을 말하는 것으로, 자기 것이 아닌 타자를 자기로 오인한 데서 생기는 병이다. 우리 인간은 문화와 예술에 대하여 에이즈와 같은 꼴로 감염되어 있다고 생각한다.

인간은 노동을 통해 동물에서 인간으로 진화했고 자연을 가공하여 인간에게 필요한 모든 것을 얻어낸다. 노동계급이야말로 진정한 의미의 사제(司祭)다. 절대적 실체이며 실재인 자연의 연장선에서 노동은 인간에게 유일한 실재로 남아 있다. 따라서 노동계급의 사상은 궁극의 철학과 종교가 될 수밖에 없다. 나는 감히 노동계급의 사상만이 인간을 되살려낼 수 있으리라 믿는다.

2007년 2월
최종천

창비시선 273

나의 밥그릇이 빛난다

초판 1쇄 발행／2007년 2월 23일
초판 3쇄 발행／2013년 2월 18일

지은이／최종천
펴낸이／강일우
책임편집／박신규
펴낸곳／(주)창비
등록／1986년 8월 5일 제85호
주소／413-120 경기도 파주시 회동길 184
전화／031-955-3333
팩시밀리／영업 031-955-3399 · 편집 031-955-3400
홈페이지／www.changbi.com
전자우편／lit@changbi.com

ⓒ 최종천 2007
ISBN 978-89-364-2273-8 03810